AF356053

VENTE DU SAMEDI 14 DÉCEMBRE 1895

HÔTEL DROUOT, SALLE N° 7

à deux heures

TABLEAUX MODERNES

Aquarelles, Dessins, Gravures

OBJETS D'ART ET D'AMEUBLEMENT

ANCIENS ET MODERNES

Bronzes, Porcelaines et Faïences

MINIATURES, BONBONNIÈRES, MONTRES, FOURRURES

Livres

COMMISSAIRE-PRISEUR

Mᵉ LÉON TUAL

56, rue de la Victoire, 56

EXPERTS

Pour les Tableaux, Objets d'art, etc.   *Pour les Livres :*

M. A. BLOCHE   **M. MARTIN**, Libraire

28, rue de Châteaudun, 28   6, rue de Savoie, 6

EXPOSITION PUBLIQUE

Le Vendredi 13 Décembre 1895, de 2 heures à 6 heures

HONO
ADDIT
NATVRA
IMPRIMERIE DEL ART

CATALOGUE

DES

TABLEAUX MODERNES

AQUARELLES, DESSINS ET GRAVURES

PAR

Baron, Bertrand, Rosa Bonheur, Gardanne
Gélibert, Gilbert (V.), Isabey, Maurice Leloir, Vernier, etc.

OBJETS D'ART ET D'AMEUBLEMENT

ANCIENS ET MODERNES

BRONZES, PORCELAINES ET FAÏENCES

Miniatures, Bonbonnières, Montres, Fourrures

LIVRES

DONT LA VENTE AURA LIEU

HOTEL DROUOT, SALLE N° 7

Le Samedi 14 Décembre 1895

à deux heures

COMMISSAIRE-PRISEUR

Mᵉ LÉON TUAL

56, rue de la Victoire, 56

EXPERTS

Pour les Tableaux, Objets d'art, etc.	*Pour les Livres :*
M. A. BLOCHE	**M. MARTIN**, Libraire
28, rue de Châteaudun, 28	6, rue de Savoie, 6

EXPOSITION PUBLIQUE

Le Vendredi 13 Novembre 1895, de 2 heures à 6 heures

CONDITIONS DE LA VENTE

Elle sera faite au comptant.

Les acquéreurs paieront *cinq pour cent* en sus des adjudications.

L'exposition mettant le public à même de se rendre compte de l'état et de la nature des objets, aucune réclamation ne sera admise une fois l'adjudication prononcée.

Paris. — Imprimerie de l'Art. E. MOREAU ET Cⁱᵉ,
41, rue de la Victoire.

DÉSIGNATION DES OBJETS

TABLEAUX, AQUARELLES ET DESSINS

1 — **Baron (H.).** *Le Premier pas*. Dessin.

2 — **Belly.** *Carmen.*

3 — **James Bertrand.** *L'Aurore*. Dessin à la sanguine.

4 — **Rosa Bonheur.** *Cerf au repos*. Beau dessin.

5 — **Boulanger (G.).** *Jeune Femme*. Dessin.

6 — **Bridgman.** *Victor Hugo sur son lit de mort.*

7 — **Corot** (Attribué à). *Paysage.*

8 — **Dantan.** *Les Pauvres gens*. Dessin.

9 — **Delobbe.** *Étude de femme*. Dessin.

10 — **Diaz** (Attribué à). *Diane chasseresse.*

11 — **Gallet**. *Pallas.*

12 — **Gardanne**. *Le Cheval déferré. Dragons Louis XV.*

13 — **Gardanne**. *L'Arrivée à l'étape.*

14 — **Gardanne**. *Chevaux à l'abreuvoir.*

15 — **Gélibert** (J.). *Le Repos.*

16 — **Gilbert** (Victor). *Gilliatt.*

17 — **Goubie**. *L'Ane et le crapaud.* Dessin.

18 — **Guido** (D'après). *Vénus et Amour.*

19 — **Isabey**. *Maison à Vitré.* Dessin.

20 — **Langerock**. *Au bord d'une source en Asie.*

21 — **Laugée**. *Scène de l'Inquisition.* Dessin.

22 — **Leloir** (Maurice). *Couverture du Voyage sentimental.* Aquarelle.

23 — **Leloir** (Maurice). *Le Menuet.* Dessin.

24 — **Leloir (Maurice).** *Couverture des Trois mousquetaires.* Dessin.

25 — **Leloir (Maurice).** *Louis XIII et le cardinal de Richelieu.*

26 — **Leloir (Maurice).** *Embarquement de Milady.*

27 — **Leloir (Maurice).** *L'Exécution de Milady.*

28 — **Pinchard.** *Étude.* Dessin.

29 — **Préciosi.** *Femme turque au bain.* Aquarelle.

30 — **Renouf.** *L'Épave.* Étude.

31 — **Thomas,** *La Fontaine de Vaucluse.*

32 — **Vernier.** *Marine.* Dessin.

33 — **Watteau (D'après).** *Paysage avec figure.*

34 — *La Première arrivée.* Fac-similé en couleur, d'après Jacquet.

35 — *Vue de Delft.* Eau-forte, d'après Ziliken.

36 — *Mon ancien Régiment,* d'après Detaille. Eau-forte, par Boulard.

37 — *L'Enfant prodigue,* d'après Dubufe.

FAÏENCES ET PORCELAINES

38 — Grand plat en faïence de Deck. Tête de jeune femme, par Helleu.

39 — Deux vases en faïence de Deck.

40 — Deux potiches en faïence de Gien.

41 — Grand plat décoré.

42 — Soixante-treize assiettes : faïences patriotiques (1789 à 1794) de Nevers et autres. — Ce lot sera divisé.

43 — Saladier, faïence de Nevers.

44 — Cafetière, même faïence.

45 — Lot de carreaux pour cheminée.

46 — Vase avec couvercle en porcelaine. Décors à personnages.

47 — Vase, porcelaine de Chine, formant lampe.

48 — Vase double : Chinois supporté par une Chimère, le tout en jade, et support en bois de fer.

49 — Assiette, porcelaine de Saxe, bords ajourés
fond vert, rehaussé d'or, avec médaillon à
personnages.

5o — Assiette, porcelaine de Saxe, bords ajourés,
fond pourpre, avec médaillon.

5 1 — Quatre pièces : assiettes et vide-poche en
porcelaine, décorée par Morin.

5 1 *bis* — Deux potiches en porcelaine de Chine.

MEUBLES, BRONZES, OBJETS DIVERS,

MINIATURES

5 2 — Commode Louis XVI en bois de rose.

53 — Armoire normande en chêne sculpté, avec
glace bizeautée.

54 — Table à coiffer Louis XVI, acajou et cuivre.

55 — Lit Louis XVI en chêne sculpté.

56 — Console Louis XVI, acajou et cuivre.

57 — Glace Louis XVI, avec peintures.

58 — Tapisserie ancienne, avec personnages.

59 — Lit Empire orné de bronze.

60 — Console Empire, avec dessus de marbre.

61 — Miroir Empire, pied cristal.

62 — Terre-cuite : les Trois Grâces.

63 — Garniture de cheminée Louis XVI : l'Enfant au coq.

64 — Petite pendule Empire en bronze doré.

65 — Groupe, bronze : le Garde champêtre.

66 — Terre-cuite : l'Arabe.

67 — Porte-chapeau en noyer.

68 — Charrue en bronze et marbre.

69 — Table à ouvrage Empire. Acajou.

70 — Table vide-poches Empire.

71 — Boîte à gants en vernis Martin.

72 — Horloge ancienne avec sa boîte.

73 — Porte-montre bois sculpté et doré Louis XVI.

74-75 — Deux petits bustes en bronze : la République et la Royauté.

76 — Deux grands vases porcelaine rouge.

77-78 — Deux rouets.

79 — Petit bureau d'enfant en acajou. Empire.

80 — Théière Empire plaquée.

81 — Grand plateau orné de peinture.

82 à 84 — Trois miniatures : portraits de femme et d'enfants.

85 — Montre d'homme en or, à répétition.

86 — Montre de dame or Louis XVI.

87 — Joli fauteuil-bergère Louis XVI.

88 — Tabouret en noyer recouvert en tapisserie.

89 — Buffet de salle à manger et une servante en noyer ciré.

90 — Vitrine hollandaise de l'époque Louis XVI en marqueterie de bois, orné de bronze.

91 — Deux colonnes en bois noir à cannelures dorées.

92 — Piano droit en palissandre noirci, à cordes obliques, d'Érard.

93 — Belle suspension de salle à manger, en bronze argenté, à une lampe à pétrole et neuf bougies à gaz, de la maison Gagneau.

94 — Lanterne d'antichambre en bronze argenté à gaz, de Gagneau.

95 — Groupe en bronze : les Enfants d'Édouard, de Dupuis, édition de Susse frères.

96 — Buste en bronze : Louis XIV enfant, signé : *Sauvage*.

97 — Jardinière en porcelaine cloisonnée fond bleu turquoise, décors de médaillons à oiseaux, monture en bronze.

98 — Beau groupe en marbre : le Passage du gué, signé : *Cochère*.

99 — Garniture de cheminée composée d'une pendule en marbre noir, surmontée d'un buste de femme en bronze, signé : *Peters*, et de deux lampes en bronze.

100 — Deux colonnes en marbre à plinthes tour-
nantes.

101 — Cartel en bronze ciselé et doré représentant un groupe de fruits.

102 — Enfant assis sur une oie en marbre,
signé : *Fucigna*.

103 — Grande garniture en porcelaine de Saxe,
composée d'une pendule représentant la Pen-
sée, et de deux candélabres formés par des
figurines de marquis et marquise, adossées à
des bouquets à six lumières. Provient de la
vente Pelouze de Chenonceaux.

104 — Buste en bronze : Diderot. Signé : *Baris*.

105 — Singes jouant sur un tronc d'arbre, groupe
en bronze, de *Fratin*.

106 — Groupe en marbre : la Esmeralda. Signé :
Boyer.

107 — Lustre en bronze ciselé et doré à qua-
rante-deux lumières. Style Louis XV.

108 — Petit buste en biscuit de Sèvres : Napo-
léon Ier.

109 — Buste en bronze argenté : le Comte de Chambord. Signé : *Bezault*.

110 — Lampadaire en bronze vert, représentant la Renommée, système à gaz, sur socle avec bas-relief.

111 — Henri IV enfant. Bronze de *Bosio*.

112 — Deux assiettes en porcelaine de Sèvres avec portraits de Bonaparte et de Pauline Bonaparte. Signées : *Murille*.

113 — Service de fumeur, composé de six pièces en bronze ciselé et argenté, décor à sujets chinois.

114 — Miniature : Portrait d'Alexandrine de Bourbon, parée de joyaux.

115 — Miniature : Scène galante du xviiie siècle.

116 — Miniature : Mme de Courville.

117 — Miniature : Portrait d'artiste coiffé d'un chapeau de paille.

118 — Miniature : Femme en costume blanc du Premier Empire.

119 — Miniature : Portrait de marquise Louis XVI.

120 — Bonbonnière en citronnier, cercle en or, couvercle orné d'un portait de dame Louis XVI.

121 — Lustre à gaz en fer forgé à cinq lumières.

122 — Lot de vitraux.

123 — Paire de pistolets anciens.

124 — Encrier en bronze.

125 — Fusil de chasse.

126 — Sabre japonais.

127 — La Cigale. Bronze de Falguière.

128 — Phryné. Bronze de Falguière.

129 — Deux bustes en bronze.

130 — Fauteuil mécanique, système Eliaers.

131 — Deux fauteuils.

132 — Table en noyer.

133 — Deux portières Karamanie.

134 — Tapis persan.

135 — La Marchande de fleurs. Bronze par Moreau.

136 — Les Pifferari. Deux bronzes par Lalouette.

137 — Tapis soumak.

138 — Bibliothèque en acajou.

139 — Deux petits vases formant bout de table. Style Louis XVI.

140 — Lustre et deux girandoles, bronze avec cristaux.

141 — Casque persan en cuivre ciselé.

142 — Deux supports chinois en bois de fer. Dessus marbre

143 — Pendule marbre.

144 — Table noyer.

145 — Chevalet.

146 — Paire de lampes en ancienne faïence italienne. Monture bronze.

FOURRURES

147 — Visite en loutre.

148 — Visite garnie de martre.

149 — Pelisse drap bronze, garnie de castor naturel.

150 — Manchon, vison.

151 — Visite et sortie de bal en peluche.

GRAVURES, AFFICHES, LIVRES

152 — Carton : Dessin et Gravures d'ornements.

153 — Carton : Recueil de meubles et ornements, par Ch. Normand.

154 — Carton : Gravures. — Théâtre.

155 — Carton : Art ancien de l'ameublement et tentures de Prignault.

156 — Album : Dessins arabesques.

157 — Album : Décorations, par Percier et Fontaine.

158 — Quatre cartons : Tentures, Tapisseries, Théâtres.

Importante collection d'affiches officielles concernant la guerre de 1870-1871 et la Commune.

Livres modernes, dont : *les Graveurs du XIXe siècle*, par Beraldi. — *Annuaire du Club alpin. -- Les Métamorphoses du jour*, de Grandville. — Scènes de la vie privée des animaux, de Grandville. — *Paul et Virginie*, édition Curmer, etc.

Bulletin et Mémoires de l'Histoire de Paris, 19 vol. — Histoire des deux Restaurations, par Vaulabelle, 8 vol. — Histoire Universelle, par le comte de Ségur, 12 vol. — Ornements, Décorations d'après les maîtres, par Pequegnot, 12 vol. — Histoire de Paris, 8 vol. — Mémoires de la Société Archéologique de Pontoise et du Vexin, 3 vol. — Magasin Théâtral, 4 vol. — Inventaire du château d'Heidelberg, 2 vol. — Paris pendant la Révolution, par Schmidt, 2 vol. — Inventaire des divers mobiliers anglais, par Thomas Chippendale, 1762, 1 vol. — Inventaire des meubles de Mazarin, 2 vol. — Lettre autographe de l'abbé Verdière, etc., etc.